JN170974

それはとても速くて永い

法橋ひらく

新鋭短歌

それはとても速くて永い　＊　目次

I

Ⅱ

どれだけ覚えておけるんやろう真夜中の砂丘を駆けて花火を上げた

I

フィルム

曇天の海辺に立っている心地やさしいことのエゴを言われて

受話器から砂がこぼれるいつだって足すことばかり考えていた

風帰る　登校のため使いきる青春18切符のあまり

収穫の祭りをすぎてゆっくりと大地は熱を失ってゆく

交わっていつかほどけていく日々だポケットに手を突っ込みながら

冬がくる　空はフィルムのつめたさで誰の敵にもなれずに僕は

「恐竜や」十一月のプールには夕日を返す飛び込み台が

フェイクファー風を含んで湿りだす守りたいのは正しさじゃない

鴨川で花火しようや誰からとなくはしゃぎ出す師走のドンキ

◇

交わっていつかほどけていく日々が交わったんだ　ほどけても、なお

光

凪の日の港は臭い　まどろみになぜだかそんなことを思った

ガラガラと（ああ、製氷機）音がして僕はどうやらつながっている

サボテンに水をあたえる　寂しさに他の呼び名をふたつあたえる

「バランスを崩したらしい」珍しく伝言ゲームは簡素化されて

何度でも鈍りはじめる決心をいさめるような飛行機雲だ

待ちながらホームで交わすこの風はこれから海を渡るのだろう

乗り継ぎの苦労なじればあらかたのこと足りているそんな再会

触れないことで触れてしまった核心があってしばらく窓を見ていた

鳴けよ海（なけないぼくらのみるひかり）廊下に立てたあのキャンバスへ

いつもより正しくつなぐ月曜日つながるためにはたらいている

上達しないいくつかのこと真っ直ぐにタトルテープを貼りつけるとか

開かれたままの図鑑の重たさよ虹のなりたち詳細すぎる

置いたんだ　なれてしまった青林檎ひんやりひかる硝子の上に

寄りかかるものが欲しくて壁際をキープしている最終電車

苛立ちが共通言語になる夜だ人身事故の余波は長引く

（どこにたどり着くのだろう）黙すときテレビは浜のあかりのようで

夜という毛布の下で（青いのは戦火だろうか）やがて砂嵐

鉄骨の螺旋たたいて君がくる雨降り続く週のなかばに

的確に見咎められる「サボテンにそんなに水は要らないってば」

着地した足の裏から朝になる繭をほどいて洗面所まで

雨の日の図書館はとてもしずかでなぜだろう土の匂いがする

君はもう眠れたろうかぼんやりとタイムカードを差し込みながら

「今日よりも明日は晴れる」窓枠のラクガキうすく下書きの跡あり

なれていくことが強さじゃない　あたらしく傷つきながら光に向かえ

Radio Days

「無宗教やと信頼されれん言うてたわ」「そうなんや」ジョッキの底の、泡。

訪れることはないだろう（ザルツブルク）靴音がきっと冷たい

賑わいののちの小雪をひとりゆく烏丸通りに光は踊る

ポリネシアン・トライアングル　拡がりを描きたいとき零す呪文は

東海道にコンビナートの呼気赤くしずかに開ける窓の2センチ

この足でどこでも行ける。誰にでも会える。そう思ってみたりする

それぞれに越える雪の夜　遠く遠く友の街にも流れろ、ラジオ

手を伸ばす

寂しさを集めて光るネオン街ざわめきはみな異国語めいて

西口のゴディバのあたり幸せな人たちが手を伸ばす　おぼれる

「補助犬の里親求む」を通り過ぎ改札を過ぎ過ぎ過ぎてった今日

爆撃の映像しきりにブレながら更新される数字ばかりが

海に降る雪があること　幼児虐待のニュースに音量下げて

水滴のながれる窓を指でふく自分の呼吸たしかめながら

◇

窓／パキラ／吊革／いくつかのボタン　今日、僕が手を伸ばしたもの

Like the laundry go round.

大いなる矢印として北を指す鳥たち　送る歩道橋の上

聞いてみてあとは笑えばよかったよ桜並木はどこですかって

優しかった雨の終わりを聴いているカーテンのそと白紙のひかり

◇

積乱雲　今年初めて見上げてる風の強い日とても強い日

変わらないことも変わっていくこともちぐはぐのままもう夏なのか

Swim, boys, swim. 放課後のプールは空を映し続けて

◇

空がまたうすくなるから見てしまう硝子の向こう、 日々の向こうを

約束はたとえば風を結ぶこと見上げなくてもここは東京

冴えていたギャグをいくつか借りてますなかなかウケが良くて ありがと

たぶんいま絵筆の先に触れている南へ下るその色彩の

冬の手紙

揺れやすい姉のこころを想いつつ秤に注ぐブラウンシュガー

裏山が赤く燃えたらゆきますね八幡様にがらんと声は

木犀の黄の降るころはさんざめく第一小学校のグランド

白昼の月はいよいよ消えかかり泣くほど好きな人がいますか

去り際のあなたに吹けよ偏西風たくさん待つよ旅の話を

春まではしずかなポプラ金色の葉を振り落とし、振り落とし、冬

姉を待つときの華やぎこの谷の季節だ母は　皺も、白髪も

婚礼の日にはたくさん泣くだろう父は何度も灯油を足して

雪解けの水を跳ね上げ郵便の赤いバイクはもう坂の上

日々というこのやわらかな明滅に少し呆ける　風待ちながら

夏の手紙

バスは縫う　谷間の町にひったりと石灰色の雲とりつけて

訳されてそれと伝わるまでの間を見守るような半夏生たち

雷鳴に脅かされて美しく震えるなにもかもが故郷

途中から夢とわかって視ていたよ郵便ポスト打つ雨粒を

残業を終えると夜空晴れていて急にさみしい　くしゃみが出るよ

手垢のついた頁に触れるだけどいま開くべきではないと知ってる

街路樹は筋なす風の道しるべやがてほどけて海へと向かう

星のない夜にも視るよ眼裏にすずしく冴えたヘキサグラムを

美しく雨に煙ったあの谷に閉じこめていた時を手放す
よく晴れてなんにもない日むりにでも出かけなければもう角砂糖

Ⅱ

コルク

坂道の途中で膝がチョコレートみたいに　膝が　どうしたんだよ

めまい外来なるものを知り長月は蟲が左の耳で五月蠅い

疑いもせずに一緒にいたけれど初対面かのような心身

ごぶさたの実家は妙にひろびろと明るい　母はいくぶん痩せた

探り合う目と目のなかに磨かれて欠けてゆくオパール　ごめん

なにもかも曝けだすのが愛なのか水くさいのが優しさなのか

「父さんの言葉に嘘はないはずや」チカチカとするテーブルランプ

高空に弓引きながらこの母は紛うかたなき射手座の女

いつの日か乾杯しよう今はまだ抜けないコルクが僕にあるけど

カラフル

曇り出すあなたの空にカラフルなスーパーボールたくさん投げる

海に落ちる

友情に変われば壊れないだろう冬のスモッグ煙れよもっと

湯で割ったポカリスエット飲み干して発熱体として横たわる

灯を消せばたちまち沈むこの部屋の深さにいまもすこし慣れない

中空に羅列されおり赤や黄の数字いくつも正義面して

羽布団かぶればここにあるものは濁音　海に落ちる氷塊

左手の先冷えていく携帯に届くところに置いときたくて
叙情せよ体温計もアラームもおしなべてみな夜の無音に

処女宮

Garden の縁を歩めば音もなく雨は街灯《ひかり》の下から降れり

庇うときわずかに疼く疚しさだほんとうはあなたを責めたい

天蓋にさみしがりやの神様が耳押しつけている十三夜

「痩せたな」と心配されて旧友がほんまに旧い友であること

定刻を待たず灯りの点りだす向かいのビルに九月を知りぬ

自閉する日々にも秋の降るように惑星《ほし》は優しく地軸を傾ぐ

冬と指

気付いてた慕情以上の何かだとそれを受け取りたかったことも

「先輩」と呼びかけられて返すとき左の頬がぎこちなくなる

なくしたくないのにとても手の中の砂は後から後から零れ

左から彼を見ていた再会の証に名刺渡されながら

信号はことごとく青なにもかも奇跡みたいな夜だ　かなしい

絶望は希求のかたち黒々と夜空に冷えるクレーン三基

寂しいひとはみんな似ている放たれることのない矢を胸にしずめて

フェイクファーかすめた指にしみついて恋はいつでも冬の匂いだ

2011

ローズマリー揉みしだくとき肉である俺の掌　青い匂いだ

間引かれた灯りの下を皆帰るなにか祭りのはけた顔して

頼れない男のようだ白樺がすべすべと幹光らせており

雲の底に図書館はある　同僚の会話は遠く木立の向こう

ため息は紙に吸われて眠るから階下の書庫は深海のごと

（飛ぶように過去になってく）弟がギター弾いてた駅前をゆく

それぞれに自動詞だから曲線のすくない町でそだつ羽蟻

だけどまた透明になる　藤棚のしたを過ぎてく夏の荷車

鈴虫の声は満ちろよ気丈夫な祖母がひとりで立つキッチンに

生きるのはたぶんいいこと願いごと地層のように重ねてゆけば

存在

天蓋の傷かもしれず光降るカーセックスのこいびとたちに

誰にでも優しいからと泣くひとよ水の私は俯くばかり

「だばだばにあなた漏れてる気をつけて胸のチャクラが開きっぱなしよ」

ジブランの詩を抱いてゆく朝《あした》には風の私が梢を揺らす

凍らずに水が昇ってゆく音を今夜も　空を支えるブナよ

青く暮れる

よく動く洗濯機だな　見ないふりするから良いよ逃げてもいいよ

馴染まない日々に馴染んでいくことと革靴に振るスプレーのこと

見損なった人達からは凪の日の港の臭い　乾かない服

水だけで育つ球根アクリルに根をつたわせて生々しいな

寂しさにはけ口なんか与えるな〈私〉の圧が下がってしまう

プッシュする光のほうへプッシュする突き飛ばされるように市バスへ

色付けばきれいだろうな並木道ざわめきながら何から逃げる

しばらくは会わないでおくしばらくのひたすらなこと今日は疲れて

世の中の奴らはみんな淫乱だ乱切りにして足らぬトマトよ

精液を手早く拭う　たぶん俺、誰にもなにも感謝してない

半減期みたいなもんかとひとりごち不謹慎だと詫び入ることの

光るものすべてを窓と思うときみんなどこかへ帰るひとたち

青く暮れる視界のすべて（愛したい）焼き切るための強い瞼を

待つ人のかたちで眠る樹木ありロビーはみどりの灯に満たされて

誰とでも寝ればよかった踏み外すほどの梯子も道もないのに

避雷針ばかりの空へほどかれて滴るときは宇宙のことば

そんなにも疲れた顔をしていたか譲ってくれた座席に埋もれ

照らされていたのがわかる　もたれたら夜の半分ぬくい土壁

声という声をあつめて叫ぶから溶けないように叫ぶから

ほんとうに生きたいんだよもうぜんぶ嘘になるなら剥がして果肉

眠ろうか　触れると閉じる葉のように今日は誰とも会わずにいたい

灯に群れる蛾は焦げながら、でも、だけど、世界に俺を全部与える

別れ際「始まり」みたいな顔をする君はいつでも未知の青年

ただひとり立ち尽くすとき雑踏に渦の目のごと生存はある

店頭の balloon ぱんぱん割れていくおかしくないのに笑ってしまう

強い風に煽られながらこの春を運河に落ちた手紙のように

マイ・オールド・ニュータウン

晴れ上がる空を切り取る中庭に父なるものの欠けたこの街

取り壊しはじめた途端建っている自然治癒力みたいなもんか

陽だまりを避けて歩めばコンクリートの森いくつもの眩しい日傘

鉄塔の影おだやかに倒れゆきここから誰も喋らなくなる

川の字で眠ればそこが故郷か遠くの角で鳴るクラクション

回想の母よりずっと無邪気だと電話するたび思い直して

うん元気、うんまた帰るまた今度みんな元気でずっとおってな

守るべき何かじゃなくて良いのかも　夕日　見たことのない角度で

樹液

ハンガー、首を鍛えているんだろ七日のうち六日吊られて

朝靄に紛れてすっといけたらな（クヌギの林抜けたら左）

笑うとき皺が寄るなら本物だリネンのシャツを肩から外す

同じ頁を持っているからこの体いじめの記事にしゃわしゃわと鳴る

ゴムの木もいつか忘れるのでしょうか突き立てられたナイフの数を

蝶を追う足どりのまま生きてきた欲しくないものばかり悟った

祝砲に沸き立つように水鳥が散っていくから湾は手のひら

ダウンライトに後ろをさらす首、首、首、ほの白くて折れやすそうな

朝が夜を

どうだっていいよそんなの終わらない愚痴聞くときの爪先の負荷

光、ってつぶやきながら目を閉じるいつでも凪いだ海が広がる

かろうじて働く人をやっている火曜の夜のハーゲンダッツ

被害者のツラで生きてるこの俺に今年の桜こんなにも降る

冷めてゆく日時計頬に触れながら今日という日を許しはじめる

「もしも」ってあんまり思わなくなった汀に立てば雲の白さよ

春雷に見惚れるような眼をしてた横顔だけを消さないでおく

朝が夜を押しのけていく　なぜいつもうすいみどりに滲むのだろう

あたたかな樹液たとえばあたたかな琥珀になればいいなと思う

ジーンズの裾を汚して雨の日は無声映画の主役のように

エデン

欠席に◯を書けたらラクだろう招待状の返信期日

「普通」から離れるばかり岸壁は見えているのに溺れていくよ

性嫌悪癒せないまま三十歳《さんじゅう》を迎えた朝のストロベリージャム

肌と肌　性器と性器（やめてくれ）混ざり合うって具合悪いよ

昼前の陽射しのなかのジャムの瓶　誰かのせいにできたらいいのに

礼服と革靴・ベルト・腕時計・お祝儀・持続可能な笑顔

近況を報告しあう輪のなかに居場所があってちゃんと嬉しい

おめでとう　これ以上ない快晴の空に伸びてくよ、飛行機雲

自意識が孤独を作る自意識をしばらく置いてデザート美味い

エデンには帰れないけどここにいる緩んだ頬を確かめながら

「今度は誰の番なんやろな」脇腹を突っつき合って帰りの道を

流されて吹き寄せられて川をゆく花びらみたい　手を振るから

いつも歩いている

思い出すたびに薄れてゆくひとを冬、襟立ててかばいながら

返さずに溜まるメールの重たさに人間なんてやめてしまって

観念の渦に生きてるおまえさえ（脱ぎなよ）風の中の物質

iPod外してみたって変わらない新宿駅はぐるりと遠い

ざわめきのなかに沈んだ聴覚を置き去りにして雪のあかるさ

願いごと小さく諦めるときの安らぎのこと　わかちあえたら

こころにも掌がある（それをほどく）冬晴れの多摩川をゆく

鍋とピスタチオ

終わらせてきたんだろうな横顔に降る影ふいに濃くなる友よ

この部屋で寝転ぶたびに目が合うね生意気顔のアヴリル・ラヴィーン

尖る葉は尖らせておけ冬空を割って眩しい四月のために

缶ビール倒れて床にひろがった泡の白さに声は揃って

笑えるまでは温めておくこの距離を愛する　守る　箸を並べる

ひとり寝てひとり帰れば広くなる部屋で投げ合ってるピスタチオ

赤い針がビルの隙間にさしてきて始発を待てば駅は駒鳥

それでも

森に降る小雨と思う隣室のラジオ「ドイツ語会話中級」

映写機のような眼《まなこ》だ暮れかかる空を映して見てた三月

それはなんて平らなわたし歩くたび地霊《ゲニウス・ロキ》に浸されて　足

カダフィの撃ち落とされた夜のこと砂漠の青い暁のこと

「正しさは力学の御子」霧の日のやけにしずかな補習授業を

先生にどうぞよろしく濡れている郵便ポスト触れれば冷えて

レコードに針落とすとき嬉しそうな目尻の深い皺を見ている

あとになってわかる　気だるい春の日に改札出たら吹いてた風も

祈るとき目を閉じるとこ似ているね神の名前のひしめく惑星《ほし》で

押し花のようにわたしが挟まれる思い出じっと立っていようか

シェービングフォームずいぶん減っているアホかってぐらい振る　可笑しい

今夜は混んでいる

従順なレジ袋たち河口まで運ばれふいに惑いはじめる

朝飲んだリンゴジュースで腹痛い（愛することは安全ですか）

どこにでも光ってほんと助かるよセブンイレブン良くない気分

あちこちのご当地アイスに使われて紫いもは世渡り上手

護岸工事の音もまぬけな月曜日へたくそだった今日の仮病を

日に干せば汗臭くなるこの身体バニラソフトをしぷしぷ舐める

何もいま目に付かなくてもいいものを電気料金未払い通知

丸まって転がっている一昨日のオナニーのあと投げたティッシュが

片付けの前の腹ごしらえとして空けるツナ缶　網戸から風

辞めてどうなる越してどうなる脳のなか喋ってんのはほんとに俺か

夕焼けを降らせて欲しいもう誰の顔も見分けがつかなくなるよ

風に舞うレジ袋たちこの先を僕は上手に生きられますか

すれ違う人たちは花　白い花　駅前が今夜は混んでいる

Ⅲ

小田急バス

電線で混みあっている青空のどこかに俺の怒りの火星《アレス》

押し込めたものは出口を探すからのた打ち回るホース　蛇になる

従順な俺には二度と戻らない勢い込んですた丼喰らう

無茶言うな

「次は深大寺入口。健康のために一日一食、お蕎麦を食べましょう」

渡されたロープ睨んでみるけれどダメあれはもう飛行機雲だ

頑なこころほどけてゆくときに世界の中のわたしは昆布

万華鏡

デンマーク風オープンサンド見た目よりずっしりとくるこれは良いランチ

風がすこし涼しくなっていつの間に登場人物《キャスト》こんなに入れ替わったの

火をぐるほどのことではないのにね言えないままの真実がある

万華鏡みたいで人はおもしろい関わりあうと面倒だけど

めちゃくちゃに笑ったあとの空白にふいにあなたが住んでいること

また恋をするけどごめん（いまなんで誰に謝りたいんだろう）

手を振って駅へと向かう乗り継ぎのたびに手を振る　ひとりに戻る

どんくさい自分でいいや慈しむことにはいつも時間がかかる

夏の陽にウスベニアオイ褪せてゆき萎れるまでを窓際に置く

また来よう　席を立つ時そう言ってシャツの重ね着がよく似合ってた

灯台

優しくて寂しいんだよあのひとは魚みたいにどこでも泳ぐ

衝立《ついたて》のむこう詩的な会話だな社員証に秋の日は跳ねて

ジョハネスと書いてヨハネと読みますと震える声に教わっている

少年の睫毛硬くてたぶん君はこれからひどくモテるだろうね

空想と空想の間の谷としてイオンモールの前の信号

星なのか東京なのかわからない深夜の窓に遠くを見れば

返信の途切れ途切れの友情に祈る言葉は持たないけれど

直喩なら殺されました（越冬のオオハクチョウの羽ばたきを見た）

背の高いひとに生まれてみたかった西日のなかに消え残るから

貼るカイロ貼って剝がして暮らしてる坂の途中でマフラーを巻く

傷つけられたわけじゃないだろ　沖へゆく心のために灯台を持て

走っては引き戻されてそうやって春はこころを象りながら

床が少しざらついている海際の町を起点とするこの電車

背もたれに埋もれて閉じて息をする帰ったら回す洗濯機のこと

何ヶ月ぶりだろうこのアカウント海鮮丼の写真を載せる

漁港から漁港へむかう山道の斜面のこんなところにも墓地

海鳴りをこんなに聴いて育つからここのキャベツは不眠に効くね

歌会に出ていくだけで喜んで細めてくれた目を覚えてる

届くものだけが光じゃないけれど届かなかった光のことは

灯台のむこうの海を眺めてたこの世の春の岬の上で

ケシの花って浮かぶみたいに咲くんだな草も声もぜんぶぜんぶ波

何年前に補充されたかわからないポカリスエット　半分捨てる

飛ばされるための帽子も油性ペンもないけど僕は今日ここにいた

同僚に聞かれてきっと日焼けした理由のことを笑いながら

案の定バスは遅れてきたけれどちょうど良かった　乗りたくなった

マリーゴールド

自我の薄いあなたはたぶんたくさんのひとの心の電解質だ

追いかけっこの少年たちに囲まれて自分の脚を長いとおもう

過ぎていく夏の気配に町はただ光っています手紙書きます

閑散期の風物詩だな和泉さんが開けてる窓にヤフオクがある

訪れを待つのは長いこないだの映画の中の部屋好きだった

ほらここは風の逃げ道　地下書庫へ降りるときよくすれ違うひと

（この手すりベタベタしてる（ポケットが震えてるかも（3回（メール）

暑がりの龍さんがまた風量を2に変えていて課内は無人

飛びそうな書類の束にペンを置く閉め切りの窓のそとの夏空

何を読むわけじゃないけどこんなとき手元に少年ジャンプが欲しい

阿部くんのデスクトップの水色のポストイット剝がれそう　剝がれた

音がして、花の向こうの遮断機に走ればたぶん間に合ったけど

ひさびさな友としゃべると唾が出る関西弁用分泌液だ

知らんやん六本木とかそんなもん8年住んでも余裕でビビるし

出汁巻きを箸で切りつつ出汁巻きに醤油かけんの邪道と思う

離婚する友もぼちぼち現れてみんな気のいいアホやったのに

ラストオーダー欲張りながらひとしきり頭皮のケアについて語った

なんとなく変な感じだこうやってお互いにまだ歳をとること

おやすみ　こんなん奇麗事やけどみんな幸せやったらええな

朝方はもう涼しくて気まぐれな蟬がどこかで鳴くけど弱い

書き置きのメモの筆跡そういえば変なとこ几帳面なんよな

遅刻しそうでダッシュするとき生きているいつかは朽ちる俺の肉体

運ばれて多摩川越えて東京に吸われて今日も今日が始まる

多すぎたお釣りにレジの両側で笑い合うまでいっしゅん消音《ミュート》

元気ですか。僕もぼちぼち元気です。こっちは夏が終わりそうです。

日溜まりに溶け込むように咲いているあなたは気付くマリーゴールド

それはとても速くて永い

思うこと絶えない夜にまちがって押してしまったコーンポタージュ

昇ってく湯気追いかけて見上げたら星空きれい　しばらく見てる

相変わらずな暮らしだけれど新年の空気に満ちてひろい駅前

冷えきった缶を左に持ち替える自転車の鍵は右のポケット

失くさないものをほしいと思ってた近づきたくて近づけなくて

圧倒されて原野に立っているんだよ裸足で草を踏みしめながら

大好きだよって言いたいだけだ幾筋も幾筋も川が原野を走る

でもたぶんこれは永遠　アラスカの短い夏に咲く花みたく

日めくりの暦の前で伸びをする今年の抱負何にしようか

黄金の羊を抱いて会いにゆくそれからのことは考えてない

解説　上手に生きる……？

東　直子

風に舞うレジ袋たちこの先を僕は上手に生きられますか

いきなり情けない感じの歌を引用してしまったが、この歌を目にしたとき、胸を強く締めつけられた。あてどもなく風の中を飛ぶレジ袋は、わびしく、不安を抱えた心の象徴である。そんなものを見ながら問いかける「上手に生きられますか」というセリフは、ひどくやるせない。

そもそも「上手に生きる」とは、どういうことだろうか。おそらく、人生がうまくいっていると感じている人は、「上手に生きている」かどうかを気にしたりはしないだろう。上手に生きられない、という自覚のある人のみが、「上手に生きられますか」という問いを持つのだ。つまり、この歌の主体は、今現在上手に生きている自覚がないのである。

生きる、ということは誰かと比べるものでもなく、上手、下手の区別をつけるのはおかしなことなのだが、より「上手に」生きることはよいことであるという価値観にいつの間にか支配されている。自分が今生きていることを、自分自身の中にある価値観が苦しめている。現代を生きる人が抱える生き辛さの原因の多くが、そこにあるように思えてならないのだが、法橋さんの短歌が生まれる背景にもそのことが大きく関わっているように思うのだ。

冬がくる　空はフィルムのつめたさで誰の敵にもなれずに僕は

誰の敵にもなっていない、という意識。「なれず」という言葉を選択したところに屈折が感じられる。誰かに敵対視されるほどの力も持っていないという負い目につながっているのだ。無力であるということの安心感を自ら求めてそうなったはずが、焦燥感にかられる。こうした、内面に抱える自己矛盾が、歌を作ることに向かわせたのではないかと推測するのである。空に感じる「フィルムのつめたさ」が、この世界への違和感を体感として伝え、リアルである。

どれだけ覚えておけるんやろう真夜中の砂丘を駆けて花火を上げた
夜という毛布の下で（青いのは戦火だろうか）やがて砂嵐
水滴のながれる窓を指でふく自分の呼吸たしかめながら
生きるのはたぶんいいこと願いごと地層のように重ねてゆけば

どの歌も、人生を模索することそのものを詠み、生きるということはどういうことかを真摯に考えている。自分の中に残っていく記憶について。同じ空の下で起こっている戦争について。呼吸する自分の身体について。願いごとを重ねる、ということについて。

短歌は、限りある人生の一瞬に言葉で永遠性を与える。何かを考えている時間もまた、言葉で書きとめることによって永遠となる。法橋さんの短歌作品は、思考を通して見えてくる風景の奥で、自分が求めるべきものを探し続けているのだ。

法橋さんは、私が長年在籍している歌誌「かばん」の同人で、後輩にあたる。初めてお会いしたときは、まだ大学を卒業したばかりだったと思う。素朴で素直な青年で、「かばん」等の短歌のイベントにも熱心に参加し、誰にでもすぐに好かれる人徳があった。しばらくして、姿が見えないと思ったら、体調をくずして、一時期大阪の実家に戻られていたのだった。
体調が戻り、無事に東京での仕事を復活され、このシリーズの一冊として歌集をまとめることになったのだが、打ち合わせでは、身体のこと以外にもいろいろなことがあったということをお聞きした。不調の時期を乗り越えて得た歌の強さや深みが増したことが感慨深い。

鳴けよ海（なけないぼくらのみるひかり）廊下に立てたあのキャンバスへ
寂しさにはけ口なんか与えるな〈私〉の圧が下がってしまう
朝が夜を押しのけていく　なぜいつもうすいみどりに滲むのだろう

命令形だったり、疑問形だったりするこの問いかけは、特定の誰かに向けたものではない。他でもない、自分自身に向けて問いかけているのだ。問いかけをする「私」と、問いかけを受ける「私」がいる。どちらの「私」にも共通するのが、圧倒的な寂しさを抱えているということである。そして、そこから立ち上がりたいと切に願っている。

性嫌悪癒せないまま三十歳《さんじゅう》を迎えた朝のストロベリージャム
肌と肌　性器と性器（やめてくれ）混ざり合うって具合悪いよ
昼前の陽射しのなかのジャムの瓶　誰かのせいにできたらいいのに

気の進まない結婚式に出席するエピソードを中心に編まれた一連の中のこれらの歌に着目した。昨今、性に対して嫌悪感を抱いている若者が増えているという事実が頭をよぎる。ジャムのねっとりした感触を喩として描かれたこれらの嫌悪感は、現代を生きる若者の感覚の一つを率直に表現したものとして興味深い。青春歌の従来のイメージを覆す、リアルな歌として記憶に留めたいと思う。

星なのか東京なのかわからない深夜の窓に遠くを見れば
床が少しざらついている海際の町を起点とするこの電車
海鳴りをこんなに聴いて育つからここのキャベツは不眠に効くね
案の定バスは遅れてきたけれどちょうど良かった　乗りたくなった

想いを煮詰めたような歌について読み解いてきたが、法橋さんの歌の魅力の中心は、これらの、旅先のスケッチのような肩の力が抜けた歌にあるのではないかと思う。いずれも「灯台」というタイトルの連作の歌である。東京での暮らしや友人との会話を思い出しながら海の風を受け、のどかな風景に浸るうちに、本来の自分を取り戻している。

四首目は、その連作の最後の歌だが、その心の動きに、不思議な感動を覚える。遅れがちなバスが予測通り遅れてきたということだが、その「遅れ」が、自分が帰るべき場所へ心を向けてくれたのだという。この「ちょうど良かった」のやわらかな許しの感覚は、心迷う人に、おだやかな慰めを与えるのではないだろうか。

少しくらい遅れても大丈夫。いや、少しくらい遅れるくらいが大丈夫。「案の定」から「ちょうど良かった」に連なる心の流れは、人生の中で起こる様々な不如意を乗り越えるための喩として響くのではないかと思うのだ。

思うこと絶えない夜にまちがって押してしまったコーンポタージュ

考えごとをしすぎていたために、間違って自動販売機のボタンを押して購入してしまったコーンポタージュ。温かいそれを握りつつ、唖然としてしまう。喉がかわいていたのに、どうしたらいいのだ。そんなことをつぶやく場面が想起される。

前述の歌の、案の定遅れてきたバスと同じように、間違って手に入れたコーンポタージュも、飲んでみたら身体が喜んだのではないかと思う。

内面を掘り下げた歌と、ふと自分を手放してみた歌。その間から、生きること、人と関わることの意味が垣間見えてくる。

おやすみ　こんなん奇麗事やけどみんな幸せやったらええな

「奇麗事」として一蹴されるようなことを、あえて歌にする。「奇麗事」とは何か、ということを立ち止まって考えてみることができる。一見直接的すぎる言葉が、新しい光になる。

二〇一五年二月七日

あとがき

何かをすごく大切に思ったとき、そこに流れている時間のその流れの強さに圧倒されて、なんだか気が遠くなるような、そんな感覚をこれまで何度も味わってきました。特に、大学時代の5年間は僕にとって本当にかけがえのないものだったから、その感覚は当時とてつもなく強力なものでした。

卒業の翌年東京に出てきて、まだ知り合いも誰もいなくて、休日にはいつもコインランドリーでたくさんの時間を過ごしました。乾燥機の中をぐるぐる回る洗濯物をただボケーっと眺めていた、その景色を今でもよく覚えています。現実に流れている時間と自分の心のなかの時間とが嚙み合わなくて、立ちすくんでいた、そんな頃に短歌をはじめました。

短歌というこの不思議な詩形と出会って、これまで言葉にできなかった自分の想い——あの気が遠くなるような感覚——を初めてすこし吐き出せたような、そんな気がしました。そしてそんな自分の想いに触れてくれる仲間ができました。初めて「かばん」の歌会に出たあとの、あの信じがたいような多幸感を僕はきっと忘れないでしょう。

短歌をはじめてから8年、言葉を通して自分の心と向き合う癖がついたことで、見たくない感情を無視することができなくなってジレンマを感じたこともありました。けれど、五・七・五・七・七のこの不思議な詩形は長い月日をかけてすこしずつ、すこしずつ僕を癒してくれたように思います。

この歌集を出すことが自分の人生にどんな変化をもたらすのか、今はまだわかりません。ですが、少なくともこの歌集は僕が僕の人生を愛そうとしてきたことの証です。この歌集を世に出せたということ、そしてそれを読んでくださる方々がいるということ、とても嬉しく幸せに思います。

出版にあたって多くのお力添えをいただきました。本音で向き合い続けてくださった監修の東直子さん、作業の遅れがちな僕に細やかに対応してくださった書肆侃侃房の田島安江さん、園田直樹さん、本当にありがとうございました。皆さんと一緒に作業ができて幸せでした。

　これまで短歌を通してたくさんの人と出会い、たくさんの励ましをもらってきたことも、出版に至る過程で何度も思い出しました。そうした出会いのひとつひとつへの、自分なりの感謝も、この歌集には込めたつもりです。

　それから最後に、僕の気のいい家族や友人たち、同僚たちにもこの場を借りて感謝を。計画性のない人生を生きてきたけれど、なんやかんやでこれ以上ない道筋だったようにも思えて、それはきっとみんなのおかげです。ありがとう。


　きっともう大丈夫。切なくなっても大丈夫。

この先の人生の時間と、そこにある出会いのひとつひとつを僕が愛せますように。強く祈りを込めて。

　大好きだよ。

二〇一五年二月九日

法橋ひらく

■著者略歴

法橋ひらく（ほうはし・ひらく）

・1982年大阪府吹田市生まれ
・同志社大学文学部卒業
・2008年より歌人集団「かばん」に参加
・図書館スタッフとして長らく勤務
・趣味は西洋占星術etc.

「新鋭短歌シリーズ」ホームページ　http://www.shintanka.com/shin-ei/

新鋭短歌シリーズ21
それはとても速くて永い

二〇一五年三月二十日　第一刷発行

著　者　法橋 ひらく
発行者　田島 安江
発行所　書肆侃侃房（しょしかんかんぼう）
〒八一〇・〇〇四一
福岡市中央区大名二・八・十八・五〇一
（システムクリエート内）
TEL：〇九二・七三五・二八〇二
FAX：〇九二・七三五・二七九二
http://www.kankanbou.com　info@kankanbou.com

監　修　東 直子
装　画　法橋 アツコ・はじめちゃん
装丁・DTP　園田 直樹（システムクリエート・書肆侃侃房）
印刷・製本　瞬報社写真印刷株式会社

©Hiraku Hohashi 2015 Printed in Japan
ISBN978-4-86385-176-4　C0092

落丁・乱丁本は送料小社負担にてお取り替え致します。

本書の一部または全部の複写（コピー）・複製・転訳載および磁気などの記録媒体への入力などは、著作権法上での例外を除き、禁じます。

新鋭短歌シリーズ ［第2期全12冊］

今、若い歌人たちは、どこにいるのだろう。どんな歌が詠まれているのだろう。今、実に多くの若者が現代短歌に集まっている。同人誌、学生短歌、さらにはTwitterまで短歌の場は、爆発的に広がっている。文学フリマのブースには、若者が溢れている。それればかりではない。伝統的な短歌結社も動き始めている。現代短歌は実におもしろい。表現の現在がここにある。

「新鋭短歌シリーズ」は、今を詠う歌人のエッセンスを届ける。

19. タルト・タタンと炭酸水　竹内 亮

定価：本体1,700円＋税　四六判／並製／144ページ

清々しい言葉の深みへ

光あふれる風景の中で、命がよみがえる

東 直子

20. イーハトーブの数式　大西久美子

定価：本体1,700円＋税　四六判／並製／144ページ

イーハトーブからの風と言葉。

東日本大震災後のふるさとに立つ。
もう一度、ここから詩が始まる。

加藤治郎

21. それはとても速くて永い　法橋ひらく

定価：本体1,700円＋税　四六判／並製／144ページ

ふたたび走り出すために

いつかうけとったあなたの言葉が、
新しい光になる

東 直子

好評既刊　●定価：本体1,700円＋税　四六判／並製（全冊共通）

13. オーロラのお針子
藤本玲未
言葉が紡ぐ自在な世界
東 直子

14. 硝子のボレット
田丸まひる
行為の果てにあるもの。
加藤治郎

15. 同じ白さで雪は降りくる
中畑智江
「うつつ」を超える「ゆめ」
大塚寅彦

16. サイレンと犀
岡野大嗣
命を見据えて現代を探る
東 直子

17. いつも空をみて
浅羽佐和子
今を生きるワーキングマザーの歌
加藤治郎

18. トントングラム
伊舎堂 仁
少し笑ってから寝よう。
加藤治郎

新鋭短歌シリーズ［第1期全12冊］

好評既刊 ●定価：本体1,700円＋税　四六判／並製（全冊共通）

1. つむじ風、ここにあります　木下龍也
圧倒的な言語感覚（東　直子）

2. タンジブル　鯨井可菜子
生物であることの実感（東　直子）

3. 提案前夜　堀合昇平
前夜を生きる。（加藤治郎）

4. 八月のフルート奏者　笹井宏之
「佐賀新聞」に託した愛する世界（東　直子）

5. N R　天道なお
香り高い歌が拡がる。（加藤治郎）

6. クラウン伍長　斉藤真伸
世界を狩る。（加藤治郎）

7. 春戦争　陣崎草子
ひたむきな模索（東　直子）

8. かたすみさがし　田中ましろ
しなやかな抒情（東　直子）

9. 声、あるいは音のような　岸原さや
きみの歌声が聞こえる。（加藤治郎）

10. 緑の祠　五島　諭
冷徹な青春歌（東　直子）

11. あそこ　望月裕二郎
とにかく驚いた。（東　直子）

12. やさしいぴあの　嶋田さくらこ
恋の歌は止まらない。（加藤治郎）